좋은 날이야,

네가 옆에 있잖아

* 이 책은 작가 특유의 문체를 살렸습니다.

좋은 날이야, 네가 옆에 있잖아

지은이 이규영
펴낸이 임상진
펴낸곳 (주)넥서스

초판 1쇄 발행 2019년 10월 28일
초판 11쇄 발행 2022년 1월 14일

출판신고 1992년 4월 3일 제311-2002-2호
10880 경기도 파주시 지목로 5 (신촌동)
Tel (02)330-5500 Fax (02)330-5555

ISBN 979-11-6165-795-0 03810

www.nexusbook.com

좋은 날이야,
네가 옆에 있잖아
글·그림 이규영
넥서스BOOKS

'운명을 믿는 그 남자, 규영'

업계에서 인정받는 일러스트레이터. SNS에 'gyung_studio'라는 계정으로 그림을 올리며 수십만 팔로워들에게 공감을 얻고 있다. 걸그룹보다 NBA 농구팀 LA 클리퍼스를 좋아하고 농구가 취미인 상남자다. 무뚝뚝한 편이다.

'진심을 다해 사랑할 줄 아는 그 여자, 수기'

어느 날 그 남자 앞에 웃는 모습이 사랑스러운 그녀가 나타난다. 잠깐 스치듯 지나쳤는데 내내 생각이 난다. 그리고 몇 달 후 운명처럼 그녀를 다시 만난다. 애니메이터이자 일러스트레이터로 'sugi_nora'라는 닉네임으로 활동하고 있다.

그녀의 생일은 1월 25일,

그의 생일은 하루 뒤인 1월 26일.

그들 앞에 서로가 운명이라고 믿게 될

일들이 연이어 생겨나고 둘은 커플이 된다.

그녀와 함께하는 행복한 날들을

그림으로 그려 SNS 올렸다.

그림을 본 수십만 독자들은 말한다.

"많이 힘든 날이었는데 마음이 따뜻해졌어요."

"그림 속에 있는 커플, 참 좋은 사람들일 것 같아요."

사실 그 남자에게는 아픈 기억들이 많다.
혼자 감당할 수 없을 만큼 힘든 일들을 겪었고
가장 사랑하는 사람을 잃고 아직도 악몽을 꾼다.
그래서 인생은 원래 외로운 거라고 생각했다.

하지만 그녀를 만나고 사랑의 힘을 믿게 되었다.

여전히 삶이 고단하고 팍팍할 때도 있지만
늘 편이 되어 주고 소소한 일상의 행복을
함께할 수 있는 그녀가 있어서

오늘도 살며 사랑하고 있다.

위로가 필요한 날, 사람이 그리운 날,

소소한 일상을 나누고픈 날, 언제나 네 옆에 있을게.

prologue

당신이 없었다면
몰랐을 시간

먼저, 두 번째 에세이 『좋은 날이야, 네가 옆에 있잖아』를 출간할 수 있도록 제 그림을 좋아해 주고 응원해 준 독자분들에게 감사드립니다.

첫 번째 책이 과분한 사랑을 받았지만 한편으로는 마음이 편치 않았습니다. 책 한 권 내고 작가라는 말을 듣는 것도 어색했고 다른 작가분들에게 괜히 부끄럽기도 했습니다.

첫 번째 책을 볼 때마다 두 번째 책은 조금 더 많은 이야기를 담고 조금 더 잘 그려 내고 싶었습니다. 여전히 부족함을 많이 느끼지만 제 그림과 감성을 좋아해 주고 응원해 주는 분들에게, 그리고 두 번째 책을 기다려 준 독자분들에게 부끄럽지 않도록 마음을 다해 작업하고 싶었습니다.

두 번째 책에는 그림 이외에도 제 이야기와 독자분들과 나누고 싶은 생각을 글로 많이 풀어내려고 했습니다. 하지만 그림만 그려 온 저로서는 쉽지 않은 작업이었습니다.

그래서 원고를 준비하는 동안 사랑이 우리에게 주는 의미, 이별과 사랑을 겪으며 성장하는 사람들의 이야기, 저와 아내의 만남부터 결혼까지의

추억과 지금의 순간들까지 많이 생각하고 고민하며 진심을 담아 옮겼습니다.

사랑뿐만 아니라 모든 감정은 누구도 단정 지어 정의할 수 없다고 생각합니다. 그래서 제가 이 책에서 하는 이야기가 어느 분에게는 와닿지 않고 틀린 이야기일 수도 있습니다.
제가 사랑의 의미를 다 알고 있으며 독자분들에게 사랑에 관해 정의 내릴 수 있다고도 절대 생각하지 않습니다.

단지 두 번째 책을 준비하면서 저 또한 제 곁에 있는 사람과 사랑에 대해 조금 더 알아 가고, 지금 이 순간 누군가를 사랑하는 일이 얼마나 소중하고 행복한 일인지 느낄 수 있었습니다.

독자분들도 이 책을 통해 함께 울고 웃으며 곁에서 힘이 되어 주는 내 사람의 소중함을 되새겨 보시기 바랍니다.

이규영

contents

규영과 수기 노라가 전하는

삶과 사랑에 대한 따뜻한 설렘

네가 없었다면 몰랐을 시간,

당신과 함께 시작합니다.

#1

언젠가는 만날 사람

난 가끔 유난히 지치고 외로운 날이면 생각한다.
'운명이 있다면 서로 엇갈리고 시간이 걸려도 언젠가는 만나게 될 거야. 내게 오는 길이 너무 오래 걸리지 않았으면.'
2014년 10월, 운명을 믿는 내게 기적 같은 일이 일어났다. 회사 빌딩에 있는 피트니스센터에서 운동을 하는데 어떤 사람이 스치듯 지나갔다. 그날 이후 내내 생각났지만 볼 수 없었다. 그 빌딩에는 하루에도 수천 명이 오고 가기 때문에 스치듯 만난 사람을 다시 볼 확률은 거의 없다.

몇 달 후, 다른 회사와 진행하는 프로젝트를 맡아 협력 회사에 갔는데 그곳에서 담당자로 그녀를 다시 만났다. 그리고 또 몇 달 뒤 사랑하는 엄마가 돌아가셨다. 많이 아프고 힘들었을 때 그녀가 내게 왔고 우리는 커플이 되었다.
지금은 서로를 '여보'라 부르며 살고 있지만, 우리는 과거 언젠가 분명 만난 적이 있을 거다. 만약 과거와 현재에 만나지 못했다면, 먼 훗날 할아버지와 할머니로 어디선가 만났을 거다. 그리고는 서로를 한눈에 알아봤겠지.

'나는 너에게, 너는 나에게 꼭 필요한 사람이니까.'

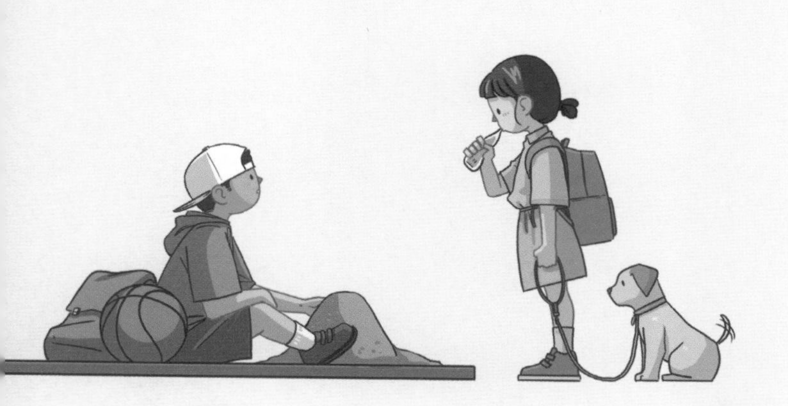

"다음에는 좀 더 빨리 만나자."

#2 사랑의 반대

고등학생 시절, 선생님께서 우리에게 질문을 하나 하셨다.

"사랑의 반대는 뭐라고 생각하니?"

골똘히 생각하던 아이들은 대답했다.

"싫어하는 거요."

"무관심이요."

아이들의 대답은 거의 비슷했고 내 생각도 크게 다르지 않았다. 대답을 듣던 선생님께서 말씀하셨다.

"사랑의 반대도 사랑이야. 연인이든 부모와 자식 간이든 상대를 진심으로 사랑하는 사람들에게 사랑은 '기브 앤 테이크'가 아니야. 어떤 상황에서도 존재하고 어느 것도 비집고 들어올 수 없을 만큼 크고 깊어서, 상대방의 태도에 따라서 달라지지 않아. 상대가 나를 아프게 한다고

?
ㅋㅋㅋㅋ
ㅋㅋㅋ
!!!
LOVE
사랑해

똑같이 상처를 주지 않는 것처럼 말이야. 오히려 상대방을 걱정하고 보듬어 주며 더 큰 사랑으로 채우지. 그래서 사랑의 반대도 결국은 사랑이 아닐까."

그때는 선생님의 말씀이 잘 와닿지 않았는데, 사랑도 하고 이별도 겪어 보니 무슨 뜻인지 조금은 알 것 같다.

사랑하는 사람에게 의도치 않게 상처를 주기도 하고 마음과 다르게 외롭게 하기도 한다. 그래서 사랑한다고 자주 표현해야 사랑하는 사람에게 내 마음을 조금이라도 전할 수 있다.

우리가 살면서 경험하는 사랑의 벅찬 순간들을 "사랑해"라는 말로는 다 표현하기 힘들 테니까.

#3 삶을 대하는 방식

살면서 마주할 때마다 늘 부딪치는 것들이 있다.
오랜 시간 굳어져 규칙처럼 되어버린 '정해진 방법들'이 그렇다. 받아들이고 의미를 찾으려 노력해 봐도 왜 그렇게 해야 하는지 이해되지 않는다.

예를 들면 글자의 획을 긋는 순서가 그렇다.
'ㄹ'은 네 번의 획을 그어 써야 하고, 'ㅇ'은 시계 반대 방향으로 그려야 한다고 습관처럼 배웠다. 정해진 방법과 다르게 쓰면 틀렸다는 말을 듣곤 했다.
사람마다 글 쓰는 방법은 제각각이다.
각자의 방식대로 쓴 손글씨를 보면 그 사람이 어떤 사람인지 보여 주는 것 같아 귀엽기도 하고 멋지기도 하다.

젓가락을 잡는 방법도 그렇다.
나는 어렸을 때 젓가락을 주먹 쥐듯이 잡았다. 지금이야 다양성을 인정하는 시대지만, 그 당시만 해도 남들과 다르면 틀렸다고 생각하고 이상하게 봤다. 그래서 부모님은 내가 상처를 받을까 봐 걱정스러워하셨고, 얼마 전에야

왜, 가끔
그런 상상할때
있잖아...
너랑, 내가
할아버지
할머니가
된다면,

'보편적인 방법'이라고 불리는 형태로 고쳤다.
하지만 솔직히 아직도 잘 모르겠다. 젓가락을 왼손으로 잡든 오른손으로 잡든, 주먹 쥐듯이 잡든 반찬만 잘 집어 먹고 밥만 맛있게 먹으면 될 텐데.

우리가 삶을 대할 때, 사랑을 마주할 때는 이런 정해진 방법들을 강요하지 말았으면 한다. 내 방식대로 내 마음이 편한 방향으로 나에게도 그리고 다른 사람에게도.

타인이 살아가는 방식이 일반적인 방법과 다르다고 틀렸다고 말하지도 말자. 그보다 중요한 건 그 안에 담긴 진심과 태도일 테니까.

그렇게 억지로 맞추지 않고 자연스럽게
사랑하는 사람들과 살면 참 행복할 것 같다.

'참, 행복하겠다'

#4 혼자일 땐 몰랐던 행복

봄에는 걷는 길
곳곳에 피어나는 꽃들을 발견하고

여름에는 청량한 바닷가로
떠날 생각에 마음이 시원해지고
가을에는 붉고 샛노랗게 물든 단풍들이
파란 하늘과 어우러짐을 느끼고

겨울에는 크리스마스트리와
하얀 눈이 기다려지는
그런 삶을 살게 해 줘서 고마워.

#5

괜한 고민

엄마가 돌아가시기 얼마 전, 병원에 입원해 계실 때였다. 엄마는 병원에서도 가족 걱정을 하시며 내게 고민을 털어놓곤 하셨다.

"아빠가 요즘 계속 친구들이랑 술 마신다고 자꾸 늦게 들어와. 네가 아빠한테 한마디 해 줘. 아빠가 또 네 말은 잘 듣잖아."

"누나 요즘 힘든 일 있니? 회사에 무슨 일이 있는지 표정이 어둡더라. 자꾸 마음이 쓰이는구나."

그날도 엄마 침상 옆 간호 석에 앉아 있는데, 누나가 남자 친구를 데려온 이야기를 해 주셨다. 누나는 남자 친구를 2년 정도 사귀었는데, 엄마에게 소개해 준 적이 없어서 병원에 데리고 왔다고 한다.

그런데 아빠는 누나의 남자 친구가 마음에 들지 않았던 모양이다. 직장도, 학력도, 성격도 여러 가지로 딸을 가진

아빠가 봤을 때 탐탁지 않으셨던 것 같다.
지금이야 둘이 잘 만나지만 나도 엄마도 누나의 남자 친구에 대해 처음 들었을 때 걱정스러웠다. 그렇게 엄마랑 나는 말 없이 잠시 생각하다 내가 먼저 엄마한테 물었다.

"엄마는 어떻게 생각해?"

엄마는 조금 고민하시더니 담담한 표정으로 말씀하셨다.

"뭘 어떡해, 둘이 좋다는데."

그간 가족들이 했던 고민을 무색하게 하는 말이었지만, 맞는 말이었고 나도 고개를 끄덕였다. 서로 사랑해서 만나는데 겉으로 보이는 모습만 보고 걱정했던 것부터가 맞지 않았다.

서로 좋아하고, 사랑하는데 가족으로서 응원할 수는 있어도 둘 사이를 마음대로 할 수 있는 건 아니니까.

사실 두 사람이 만나고 사랑하는 일은 참 단순하다. 둘이 서로 좋아하면 그걸로 된 건데, 누가 뭐라 하든 보란 듯이 행복하게 사랑하면 되지 않을까.

#6 비가
내리면
324
125
1228
126

228
2547 3분 865 4분
6 17분
곧도착: 472
걱정하지 마,
내가 있잖아.
양재2동주민센터 · 양재꽃시장

#7 우리가 함께 걷는 시간

보통의 연인들이 그렇듯 내 핸드폰 속 사진 앨범에는 우리들의 사진이 가득하다. 만난 지 얼마 되지 않은 설레는 순간부터 힘들 때 곁을 지켜 주던 지금까지.

가끔 나는 사진들을 처음부터 쭉 내려 보곤 한다.
당시 즐겨 입던 옷들, 유행했던 헤어스타일, 아내의 화장법, 그리고 알게 모르게 바뀐 우리의 시간까지도.

우리의 모습이 바뀌어 가는지도 모른 채 하루하루 바쁘게 살았다. 참 많은 것들이 변해 있었고 우리가 잘 살아내고 있는 것 같아 대견하고 재미있었다.

우리가 함께한 시간을 따라 그 순간들을 추억하며 사진을 보면, 변해 가는 것 틈 사이에 늘 한결같은 모습이 있다.

사진 속 우리의 표정,
그리고 사진 속 아내의 표정.

……
?
ㅋㅋㅋ
ㅋㅋㅋㅋ
ㅋ
!!
ㅋㅋㅋ
ㅋㅋㅋㅋ
ㅋ

아내의 얼굴을 가만히 들여다보면 한결같이 행복함이
묻어 있다.

함께한 많은 날 속에는
힘든 일도 서운한 순간도 있었을 텐데,
아내는 늘 행복한 표정으로 내 옆을 지켜 줬다.
그 모습을 보니 새삼 고마움이 느껴진다.

이렇게 앞으로도 계속 쌓여 갈
사진 앨범 속이 행복함으로 가득할 수 있기를 바라본다.

'한결같은 마음으로 늘 힘이 되어 주는 너.'

#8 악몽에서 날 구하는 사람

엄마를 떠나보내고 아직도 악몽을 꾼다.

하지만 악몽에서 깨면 더는 티브이나 라디오 소리에 의지해서 잠들지 않는다. 악몽에서 빠져나올 수 있게 내 손을 힘껏 잡아 주고, 다시 잠들 수 있게 다독여 주는 아내가 있기 때문에.

#9 좋아하는 이유

나를 사랑해 주는 아내를 보면서 가끔 생각한다.
'내가 이렇게 사랑받아도 될까?, 이 아이는 왜 이렇게 날 좋아하고 사랑해 줄까?'

그리고는 내 장점을 나열해 본다.
'잘생긴 편은 아니지만 이 정도면 준수하고 키도 크지, 나름 인정받으면서 열심히 내 일 잘 해내고 있지.'

정말 시답지도 않은 이유를 만들곤 한다. 그러다 다시 아내를 보고 내게 질문한다.

'근데 나는 이 아이가 왜 이렇게 좋을까?'

그 질문을 던진 순간 신기하게도 궁금증이 해결됐다.
사랑해 본 사람이라면 아마 공감할 거다.

'좋아하는 데 이유가 어디 있겠어.'

324

'좋아하는데 이유가 어디 있냐, 멍청아!'

#10 단단한 내가 될게

누군가를 사랑하는 일은 마치 수많은 톱니바퀴로 연결되어 돌아가는 그 사람 인생 속에, 내가 '사랑'이라는 톱니바퀴가 되어 같이 돌아가는 것 같다.

그 사람의 인생에 끼워진 '사랑'이라는 톱니바퀴 하나에 의지해 돌아가는 방향과 속도 그리고 톱니바퀴끼리 맞닿는 부분 하나하나까지 모두 사랑하기 전과는 다르게 돌아가는 거다.

그 사람의 하루가, 삶이, 인생이 '나'라는 톱니바퀴로 인해 달라지고 나 자신도 그 사람에게 맞춰진다. 그렇게 서로가 만나 사랑하는 건 사랑하는 그 둘의 인생이 서로에 의해 맞춰지고 변화되는 과정이다.

그래서 난 더 단단하고 훌륭한 톱니바퀴가 되려고 한다.

널 만나지 않았다면 영원히 몰랐을

세상에서 가장 달콤한 딸기 맛 뽀뽀.

#11

킁킁, 우리 여보냄새

나는 버릇처럼 아내의 손이나 얼굴에 코를 갖다 대고는 '킁킁'거리며 아내의 냄새를 맡곤 한다.

한 번은 그런 나를 보며 아내가 물었다.

"내 손에서 무슨 냄새 나?"

"응, 살냄새."

"살냄새? 그게 무슨 냄새야?"

"그런 게 있어."

딱히 설명할 수 없는데 아내한테서는 그냥 좋은 냄새가 난다. 그런 아내를 안고 있으면 걱정스러운 마음은 사라지고 마음이 편안해진다.

"그 냄새 좀 설명해 봐, 궁금하단 말이야."

아내의 말에 곰곰이 생각해 봤다. 냄새를 어떻게 설명해야 할까?

"음… 아마, 여보가 살아온 냄새일 거야.
가깝게는 자주 사용하는 보디로션, 샴푸, 화장품 냄새. 길게는 강아지를 좋아하니까 강아지를 만졌던 냄새, 10년간 회사에서 열심히 그림을 그리며 묻었던 잉크 냄새 같은 것 말이야."

"살아오면서 배어 나는 삶의 시간,

나는 그런 시간이 배인 너의 냄새가 좋아."

#12 그동안 몰랐던 체질

손발이 오그라드는 말과 행동들
난 체질에 안 맞아서 못할 줄 알았는데,
너와 함께하면서 내 체질을 발견했어.

아무래도 난, 멜로가 체질인가 봐.

#13 잘 자, 좋은 꿈 꿔

가끔 아내가 자는 모습을 가만히 보고 있으면 귀엽고 사랑스러워서 웃음이 나오곤 한다.

아내를 보면서 오늘은 어떤 하루를 보냈는지, 즐거웠는지 행복했는지 또 힘든 일은 없었는지 한참을 생각하게 된다.

그리고는 아내 옆에 누워 잠든 아내를 안고 잠이 든다.

아무 걱정 없이 곤히 잠든 모습처럼 눈을 뜨는 매일,
아내의 하루하루가 그랬으면 좋겠다.

푸~ 훙~훙

#14 버터 내느라 고생 많았어

얼마 전 아내가 10년 다닌 직장을 퇴사했다.
아내는 퇴사를 결심한 몇 달 전부터 고민과 걱정이 많아 보였다. 학생 인턴부터 시작해서 10년 가까이 다닌, 20대를 고스란히 담은 곳이었기 때문이다. 아내의 첫 직장이었고 첫 퇴사였다.

10년간 직장 생활을 하면서 미운 정 고운 정 수많은 추억과 사건이 있었을 거다. 아쉬움도 많고 반대로 후련하기도 했을 거다. 경제적인 불안감과 재취업 대한 걱정도 컸을 테지만, 나는 아내의 선택을 응원하고 싶었다. 그리고 그런 큰 결심을 하고 돌아온 아내에게 말했다.

"그동안 고생 많았지, 내가 있으니까 다른 걱정은 하지 마."

있는 그대로의 모습을 사랑하며 믿어 주는 우리니까. 언제나, 무슨 이유이든 서로를 응원하고 위로해 줄 사람은 우리 둘뿐이니까.

그동안 고생했어,

이제 하고 싶은 일만 하자.

곁에 있기로 약속했다면, 사랑을 시작했다면

늘 내 편이 되어 주기, 힘들어도 도망가지 않기.

#15

널 만나고 소확행

늦게까지 밀린 드라마를 보다 새벽에 잠들어 다음 날 아침 10시쯤 일어났다. 어제 먹다 남은 찌개에 계란프라이 두 개를 해서 아내와 아점을 먹었다.

볼품없는 상차림인데도 맛있게 먹는 아내에게 말했다.

"밥 먹고 슈퍼에서 아이스크림 하나씩 사서 공원으로 산책하러 나갈까?"

아내는 신나서 대답했다.

"응! 너무 좋아!"

그리고 또 한마디를 덧붙인다.

"행복해."

GUESS

'소소하지만 확실한 행복.' 최근에 '소확행'이라는 말이 유행했을 때 개인적으로 반가웠다. 4년 전 크리스마스 때 아내가 준 편지에 얽힌 추억 때문이다.

"우리 소소한 행복을 느끼며 살자."

소소한 행복. '소소한'이란 말 때문에 의미를 놓치는 사람들이 있는데, 요즘 보면 이 작은 행복을 느끼며 사는 게 생각보다 쉽지 않다.

나는 이런 소소한 행복을 느낄 줄 알고,
느낄 수 있게 해 주는 아내가 참 고맙다.

#16

네 생 각 이 나 서

'크리스마스, 하얀 눈, 새해'

많은 사람에게 겨울은 낭만적이고 설렘 가득한 계절이다. 하지만 난 유난히도 겨울에 아픈 일들을 많이 겪었다. 그때마다 혼자 견뎌 내서 겨울이 다가오면 두려움이 컸다.

하지만 사랑하는 사람을 만나 다섯 번의 겨울을 함께 보낸 후 더는 아프지 않다.
이제는 겨울을 떠올리면 사랑하는 사람과 함께 온기를 나누고, 하얀 눈이 펑펑 내릴 때 정류장에서 그 사람을 기다리며 느꼈던 설렘이 먼저 떠오른다.

사랑하는 사람과
함께한 겨울은 늘 따뜻했기 때문이다.

공군회관
Ari Force Club
여 의 도 역
Yeouido Station
324
125
1228

겨울이 오면

붕어빵이 먹고 싶다던 너의 말이 생각나서

올해 처음 만난 붕어빵을

따뜻하게 품에 넣어 왔어.

#17

넌 닭 날개
난 닭 다리

우리에게 신혼집이 생기고부터는 혼자보다는 아내와 같이 집을 나설 때가 많다. 가끔 옆집 아주머니를 마주치는데 우리를 볼 때마다 너무 닮았다며 신기해하곤 하셨다.

"둘이 어쩜 이렇게 닮았어. 나는 부부가 아니라 남매가 사는 줄 알았어."

닮았다는 말을 들으니 그런 말이 생각났다.

'사랑하면 닮는다.'

평소에는 잘 하지 않는 말인데 우리가 서로 사랑한다는 걸 증명해 주는 것 같아서, 괜히 믿게 되고 좋아하게 된다.

'왜 그럴 때 있잖아.
치킨을 먹을 때 너는 닭 날개가 좋고
나는 닭 다리가 좋고.
별것 아닌데 괜히 우리가 잘 만났구나 싶을 때.'

70%
AM 11:21
2018. 11. 18
LTE

ㅋㅋㅋ
ㅋㅋㅋㅋ
ㅋㅋㅋ
ㅋㅋㅋㅋ

#18 사랑의 상처

이별을 겪고 나면, 상처가 너무 커서 시간이 흐르고 좋은 감정을 느끼는 사람이 나타나도 머뭇거리는 사람이 있다.

내가 좋아하는 말이 있다.

"힘들면 기대. 그늘이 되어 줄게."

비바람도 견디고 따뜻한 햇볕도 많이 쬔 나무일수록 아름드리나무가 되어 사람들에게 넓은 그늘을 만들어 줄 수 있다.
사람도 사랑하면서 시련도 많이 겪고 설렘도 많이 느껴봤다면, 그 경험으로 품을 수 있는 사랑을 할 수 있을 것이다. 그러니 상처받을까 봐 두려워하지 말고 눈 딱 감고 뛰어들어 보자.

용기를 내서 두려움과 상처를 안고 뛰어든 그 사랑이 진짜 사랑이라면, 당신과 그 사람에게 따뜻한 설렘과 위로를 줄 테니까.

#19

그래도 어설픈 위로

SNS 채널에서 그림으로 독자분들과 소통하는 내가, 글을 쓰려고 하니 어떤 이야기를 하면 좋을지 고민스러웠다. 그래서 SNS에 질문을 올렸다.

"제게 듣고 싶은 이야기가 있나요?"

감사하게도 독자분들이 다이렉트 메시지로 수많은 질문을 보내 주셨다. 내가 커플의 소소한 사랑 이야기를 그리다 보니 사랑에 대한 질문도 많았지만, 가장 많은 독자분들이 이별에 관해 물었다.

이별,
이별은 단어가 가진 무게만으로도 답하기 어렵고 힘든 단어다. 연인이나 가족 등 사랑하는 사람을 상처받지 않고 떠나보낼 방법을 아는 사람이 있을까.
시간이 많이 흘러도 떠올리는 것만으로 가슴 아프고 힘든 순간이 이별일 텐데 말이다.

내가 사랑 전문가는 아니지만 사랑하면서, 또 사랑하는 사람들을 보면서 느낀 바가 있다.
이별 후 다시 누군가를 만나고 진심으로 행복한 사랑을 하면, 지난 누군가를 사랑했던 그래서 너무도 힘들었던 이별의 순간들마저도 감사하게 느껴질 수 있다. 그런 순간이 있어서 지금의 사랑을 느낄 수 있는 거니까.

너무도 소중한 사람과의 이별은 다시 경험하고 싶지 않을 만큼의 아픔을 남긴다. 하지만 그 아픔을 통해 내 곁에 있는 사람이, 사랑이 얼마나 소중했었는지 깨달을 수 있다. 그 깨달음으로 다시 올 사랑에게는 최선을 다하면 되는 거다.

그러니 이별에 너무 아파하지 말라고 되지도 않는 위로의 말을 전해드리고 싶다.

#20 말도 안 되는 일

아내가 살았던 곳은 영등포구, 나는 동대문구.
같은 서울에 살았지만 동네도 다르고 자주 가는 곳도 달라 만나기 쉽지 않았을 텐데, 연인으로 만나 결혼까지 했다.

치열하게 마주하는 하루하루, 그 안에서 서로가 있어 소소한 행복을 느낄 때마다 우리가 하는 말이 있다.

"그 많은 사람들 속에서 우리 둘이 어떻게 만났지?"

"만날 인연을 가지고 태어난 사람들이니까. 아마 더 먼 곳에 살았어도 우리는 만났을 거야."

가끔 우리가 처음 만났던 순간들을 생각해 보면 참 운명 같다.

운명처럼 스치고, 반대로 만날 법도 한데 말도 안 되게 어긋나기도 했으니 말이다.

어차피 말도 안 되는 일이 일어났으니 이것저것 쓸데없는 걱정, 고민하지 말고 마음 가는 대로 마음껏 사랑하는 거다.

어느 날 내 곁에 그 사람이 왔다.
좋은 걸 보면 먼저 생각나고
힘겨움에 떠밀려 허우적댈 때 기대고 싶은 사람.
그 사람 때문에 사랑을 믿게 되었다.

내가 너에게

해 줄 수 있는 모든 것에

정성을

마음을

다하고 싶어.

나?
?
업혀!

!!!!!
.....

힘들면 나한테 기대
내가 들어 줄게.

#21

내 인생 최고의 날

2014년 12월 28일 겨울, 영등포역 근처 카페.

그날은 연애에 별 관심 없는 당시 여자 친구였던 아내를 설득해서 사귀기로 한 역사적인 날이었다. 그날은 엄마가 돌아가신 지 세 달이 지난 후이기도 했다. 여자 친구에게는 지나가는 말처럼 엄마가 아프시다고 말한 적이 있었다.
장례를 치르느라 회사를 보름 정도 빠졌는데 궁금했는지 여자 친구가 물었다.

"엄마 아프시다고 했는데 괜찮으셔?"

나는 이제 막 우리가 만나기로 한 첫날, 슬픈 이야기를 하고 싶지 않았다. 무엇보다 엄마가 돌아가셨다는 걸 생각하면 나도 모르게 눈물이 쏟아지던 때라 말하기 망설여졌지만 숨길 수만은 없었다.

"엄마는 석 달 전에 돌아가셨어."

그 말을 하자마자 엄마가 돌아가셨다는 사실이 다시 실감 나서 눈물이 쏟아질 것만 같았다. 오늘 같은 날 눈물을 보이고 싶지 않아 참으려고 애썼지만 이미 눈가에는 눈물이 그렁그렁 맺혔다. 우는 모습을 보이지 않으려고 고개를 숙였다가 다시 추스르고 아내를 보니, 나보다도 먼저 눈물을 흘리고 있었다.

아내가 우는 모습을 보니 겨우 참았던 눈물이 쏟아졌다. 그렇게 우리는 처음 만나기로 한 날, 카페에 앉아 서로의 눈물을 닦아 주며 펑펑 울었다.

나는 그날
내 슬픔을,
내 감정을,
같이 나눠 줄 수 있었던
그런 아내가 고마웠고 사랑스러웠다.

사랑은 감정을 같이 나누는 거라고 하는데 그날 우리는 이미 마음을 나눴다.

혼자였다면 몰랐을 행복,

네가 아니었다면 느끼지 못했을 행복.

#22 사랑의 모양

이런 사람, 저런 사람이 있듯 이런저런 사람들이 만나 이뤄지는 이런 사랑, 저런 사랑도 있다.

헤어졌다고 잘못된 사랑도 아니고 짝사랑이라고 막힌 사랑도 아니다. 또 헤어지지 않고 오래 잘 만난다고 그 사랑이 정답이라고도 말할 수 없다.

사랑이란 말에 맞고 틀리고는 없다. 내가 누군가를 정말 사랑한다면 그 사랑이 내게 정답인 거니까.

ㅋㅋㅋ
ㅋㅋㅋ
ㅋㅋㅋ
ㅋㅋ
ㅋㅋㅋㅋ
ㅋㅋㅋ
ㅋ

"여보야, 그런데 나는 왜 얼굴이 남아?"

#23

내 친구,
내 사람

내게는 부산에 사는 상현이라는 친구가 있다.
군대에서 후임과 선임으로 만났지만 동갑이고 여러 가지로 잘 통해서 전역 후부터 지금까지 10년째 친한 친구로 지내고 있다.

상현이는 일 년에 네다섯 번 정도 서울에 온다. 한 번 서울에 오면 삼사일 있는데 그때마다 우리 집에서 머물곤 한다.

내가 결혼하고 나서도 상현이는 서울에 오면 우리 집에서 지낸다. 물론 아내도 흔쾌히 허락했다. 연애할 때부터 셋이 어울려서 아내도 상현이와 아주 친하다.

상현이가 여느 때처럼 우리 집에서 머물던 날이었다. 셋이서 놀다가 할 일이 있어서 방에 들어가 있는데, 아내와 상현이가 거실에서 큰소리로 웃으며 장난치는 소리가 들렸다.

'뭐가 그렇게 재미있지?'

내가 사랑하는 사람들이 재미있게 잘 어울리는 것 같아 괜히 기분 좋았다. 그러다 문득 아내가 장난스럽게 했던 말이 생각났다.

"다른 사람이었으면 상현이랑 이렇게 계속 못 만났을 수도 있어."

생각해 보니 참 고마운 일이다.
남편의 친구를 아내도 같이 친구로 받아주는 일, 생각보다 쉽지 않을 텐데 말이다.

내 친구와도 잘 지내는 아내도, 내 아내와도 잘 지내는 친구도 둘 다 정말 고맙고 사랑스럽다.

ㅋㅋㅋㅋㅋ
ㅋㅋㅋㅋ
ㅋㅋㅋㅋ
ㅋㅋㅋㅋ

4 9 9
#24
네가
없는 날

MILK

“친구들과 놀다가 친구 집에서 자고 가도 될까?”

“응 그래. 재미있게 놀다 와.”

아내가 멀리 사는 친구 집들이에 가서 오랜만에 혼자 집에 있었다.

아내와 같이 있어도 좋지만 가끔은 혼자만의 시간을 보내는 것도 좋아 내심 신이 나서 계획을 짰다.

‘그림 조금 그리고 축구 게임도 조금 하고 밥은 간단하게 라면, 밤에는 야식 먹으면서 영화 보다 잠들어야지.’

계획대로 혼자만의 시간을 순조롭게 보내며 마지막 코스였던 야식을 먹고 영화까지 재미있게 봤다.

“난 이제 잘 거야.”

아내에게 카톡을 보내고 누웠다.

나름 알차게 하루를 보내고 늦은 시간까지 영화도 보고 자정이 훌쩍 지나서 누웠다.

혼자 침대에 누워서 계속 몸을 뒤척였다. 뒹굴뒹굴하며

팔다리를 휘둘러도 뭐 하나 걸리지 않고 너무 편한데 쉽게 잠이 들지 않았다.

아이러니하게도 조금만 움직여도 살짝살짝 내 몸에 닿던 아내가 없으니, 허전함이 느껴지고 오히려 불편한 기분까지 들었다.

"너 없으면 못 살아!"

버릇처럼 말했는데 이제는 잠도 혼자서 제대로 못 드니 정말 너 없이는 못 살겠다.

#25 잘 해낼 것 같은 느낌

"잘 다녀와."

아내는 내가 외출할 때면 늘 현관문까지 나와 배웅한다. 무언가를 하고 있어도 심지어 자다가도 졸린 몸을 일으켜 배웅해 준다. 외출하고 집에 돌아올 때도 문을 열면 항상 달려 나와 날 맞이해 준다.

어찌 보면 별것 아닌데 아내의 마중은 내가 즐겁게 하루를 시작하고 즐겁게 하루를 마무리하게 해 준다.

이런 아내가 있어
오늘 하루도 잘 해낼 것 같은
그런 느낌이 든다.

살금...
살금...

!

잘 다녀와요 ♥

#26 미안하고 사랑해

가끔 작업이 많아 정신없이 바쁠 때면 예민해진다. 특히 마감 시간은 다가오는데 아이디어가 떠오르지 않으면 더하다. 그럴 때면 의도치 않게 아내에게 차갑게 대할 때가 많다. 아내 때문에 예민하지도 않은데 말이다.

정신없이 마감을 끝내면 아내한테 예민하게 굴었던 일들이 생각난다. 아내는 잘못한 것도 없는데 내 눈치를 보다 불도 못 끄고 기다리다가 잠이 든다. 그런 아내를 보면 그제야 미안함이 밀려온다. 그리고 마음이 아파온다.

사랑하는 사람에게 했던 모진 행동은 결국 내게 몇 배가 되어 돌아온다. 후회하기 싫어서 늘 '안 그래야지, 안 그래야지' 하면서 의도치 않게 또 눈치를 보게 만든다. 그래도 고마운 아내는 내 진심을 알기에 또 불도 못 끄고 날 기다리다 잠든다.

그래서 사랑하는 사람에게는 늘 미안하고 고마운 마음이 드나 보다.

Z
Z
Z

#27 있잖아, 해 줄 말이 있어

잘 준비를 하고 침대에 누우면 아내는 그날 있었던 일을 이야기해 줄 때가 있다.

아내는 결혼하기 전, 여자 친구일 때부터 나를 만나면 회사나 친구들과 있었던 재미있거나 속상한 일들을 말해주곤 했다.
다 말하기도 전에 혼자 피식피식 웃는 바람에 김빠지는 웃긴 이야기도 있었고, 씩씩거리며 회사에서 억울하고 화나는 일들을 말하기도 했다.

아내의 이야기를 듣는 것도 재미있지만 듣다 보면 이 이야기들을 나한테 해 주겠다고 기억했다가, 신나서 이야기하는 모습이 더 재미있다.

'뭐가 그렇게 재미있을까?, 또 뭐가 그렇게 속상했을까?' 생각하면 괜히 웃기기도 하고 내가 몰랐던 아내의 모습과 목소리가 보여 신기하기도 하다. 그리고 무엇보다도 재미있는 일, 화나고 슬펐던 일을 모두 나와 같이 나누고 싶어 하는 마음이 느껴져 좋다.

아내의 이야기가 끝나면 나는 기다렸다는 듯 말한다.

“또! 또! 또!”

“또?”

그럼 아내는 또 신나서 말한다.

5

#28

너와 함께 그린 잠자리

7월 어느 날, 여름이 느껴지는 그림 작업을 하는데 하늘 부분이 허전해 보였다. 뭔가 그려 넣고 싶었다.
무엇을 그릴지 고민하다 잠자리를 생각했는데, 자연스럽지 않은 느낌이 들어 아내에게 물었다.

"잠자리가 여름 곤충인가?"

"잠자리? 잠자리는 가을 곤충이지!"

"음, 여기다 잠자리 그리고 싶었는데…."

"그럼 나비를 그려. 나비!"

그렇게 완성된 그림, 하늘 위에는 잠자리가 아닌 나비가 날아다녔다.
어느덧 입추가 지나고 공원을 걷다 잠자리를 보니, 아내와 나눴던 잠자리 이야기가 생각나 반가운 마음에 한참을 봤다. 그리고 나도 모르게 아내가 생각나 미소 지어졌다.

이렇게 별일 아닌 이야기도

사랑하는 사람과의 추억이 더해지니

더 특별해진다.

#29 동등한 관계

사랑하는 사이에는 모든 것이 동등하게 작용하는 것 같다.

내가 상대방을 더 사랑하는 것 같지만 상대방도 나만큼 많이 사랑하고, 나만 상대방을 이해하고 배려하는 것 같지만 상대방도 나만큼 나를 이해하고 배려한다.

그러다 "나만 사랑하는 것 같아", "아… 왜 맨날 나만 이해해?"라는 생각이 드는 순간 다투고 둘 사이에 신뢰가 깨진다.

어쩌면 혼자 사랑하고 혼자만 배려하는지도 모른다. 하지만 두 사람이 함께하는 긴 시간들을 놓고 본다면 모든 것이 동등하게 작용하고 있을 것이다.

둘이 정말 사랑한다면 말이다.

#30 나의 존재

가끔 아내에게 묻는다.

"내가 없어도 살 수 있어?"

속으로는 '우리 여보가 나를 얼마나 사랑하고 의지하는데 나 없이는 못 살겠지'라고 생각한다. 그래도 괜히 사랑을 확인하고 싶어서 물어본다. 그럼 아내는 내가 듣고 싶은 말보다 더 애틋하게 말해주곤 한다.

"왜? 없어질 거야? 안 돼!"

이렇게 사랑하는 사람에게 나의 존재를 확인할 때 기분이 좋아진다.

'너에게 내가 꼭 필요한 존재였으면 해서.'

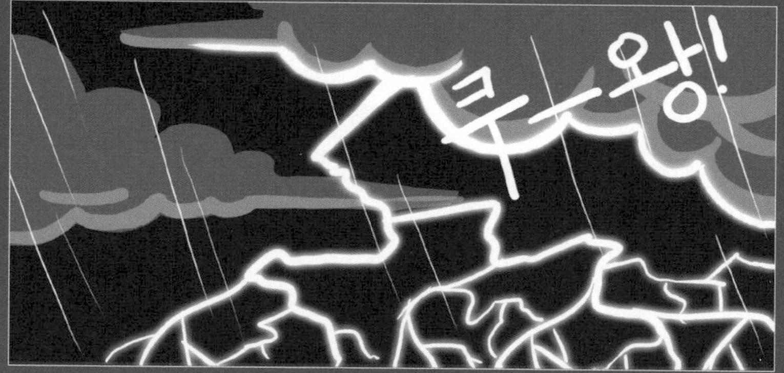
쿠-왕!

!!!!!

ㅋㅋㅋㅋ
ㅋㅋㅋㅋ♥

#31 알 아 주 는 마 음

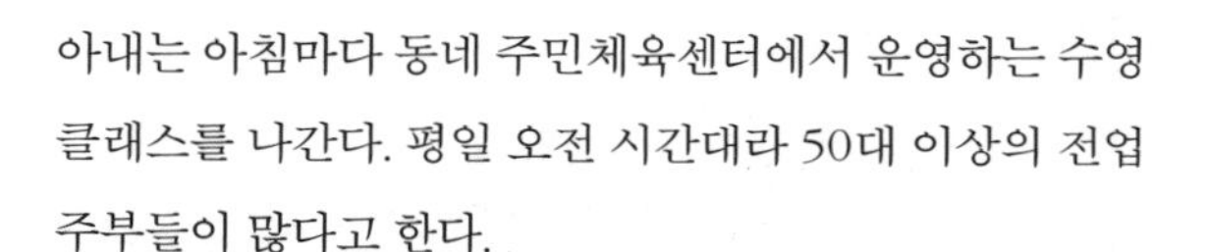

아내는 아침마다 동네 주민체육센터에서 운영하는 수영 클래스를 나간다. 평일 오전 시간대라 50대 이상의 전업 주부들이 많다고 한다.

한 번은 아내가 같이 수영을 배우는 분들과 점심을 먹고 와서 나눈 이야기를 들려줬다.

"수영 같이 배우는 어머니들이 집안일 너무 열심히 하지 말래, 알아주는 사람도 없는데 몸만 상한대."

"그렇지, 안 하는 사람은 모르니까."

그 어머니들이 가족들에게 바라는 건, '고생했다', '고맙다'라고 알아주는 말 한마디였을 거다.

나도 그런 경험이 있다.
엄마가 돌아가시고 짐 정리를 하는데, 엄마 혼자 하셨다고는 믿기지 않을 만큼 많은 집안일이 쏟아져 나왔다.

그 후로도 엄마가 없는 집안은 엉망이었고 '빨래, 설거지, 청소면 집안일은 다겠지'라고 생각했는데 큰 오산이었다. 빨래, 설거지, 청소 이 세 가지 집안일로만 파생되어 나오는 일들이 어마어마했다.

엄마가 살아 계실 때, 깨끗하게 빨아서 개어 둔 옷을 입으면서 왜 '고맙다'는 말 한마디를 하지 않았는지 후회스러웠다. 퇴근 후 집에 들어오면 집안은 늘 깔끔하게 정리되어 있었다. 엄마는 누군가가 알아주지 않아도 매일 똑같은 일을 가족들을 위해 묵묵히 해 오셨던 거다.

집안일은 기혼자들이 가장 많이 말하는 단골 소재이기도 하다. 남자든 여자든 누가 하는지는 중요하지 않다. 조금 더 잘하고 시간적으로 더 여유 있고 덜 힘든 사람이 하면 되는 거다.

사랑하는데 누가 더 힘들고 누가 더 편한 게 솔직히 뭐가 중요한가 싶다. 상대방의 노력과 배려를 알아주는 마음이 있다면 말이다.

사랑하는 사람의 노력을 알아주는 것만큼
힘이 되는 건 또 없으니까.

세상에서 제일 잘 듣는 약은

"많이 아프지" 하고 알아주는 너의 한 마디.

#32 너라서 믿어

나는 남자 친구들도 많지만 여자 친구들도 꽤 많은 편이다. 대학교 때부터 디자인을 전공해서 여자인 동기, 선배, 후배 등 소위 말하는 '여자 사람 친구'가 많다. 졸업 후에는 일러스트 작가로 활동하면서 여자 작가님들도 많이 알게 되었다.

그래서 가끔 여자 지인들과 만날 일들이 생기는데, 그런 날이면 아무래도 아내의 기분을 살피게 된다. 약속을 잡을 때도 아내에게 의사를 묻고 한다.

하지만 내 생각과 다르게 아내는 연애할 때부터 여자 지인을 만나는 약속이 있으면 너무도 편하게 다녀오라고 했다.

어느 날 아내와 길을 걷다 궁금해서 물었다.

"내가 다른 여자를 만날 때 걱정 안 돼?"

“응, 걱정 안 돼. 나를 많이 사랑하는 거 아니까.”

그렇게 말해 주는 아내가 고마웠다. 내가 자신을 얼마나 많이 사랑하는지 알기 때문에 믿음이 간다는 말. 그 어떤 말보다 아내에 대한 내 사랑을 보답받는 느낌이 들어 행복했다.

믿음은 사랑을 더 단단하게 만들어 주니까.

어디든 두 손 잡고 같이 걸어 주고
언제나 곁에 있어 주는 서로가 있어 행복해.

KOREA
NIKE

#33 내가 해야 할 일

우리 집 화장실은 조금 습한 편이라 화장실에 수건을 걸어 두면 잘 마르지 않아 밖에 걸어 두곤 한다. 그래서 씻으러 들어갈 때도 수건을 들고 들어가서 물기를 닦고 다시 제자리에 걸어 둔다.

반면 아내는 씻으러 들어갈 때 수건을 들고 들어가지 않는다. 그래서 매번 내가 수건을 화장실 밖 문고리에 걸어준다.

이렇게 매번 해 주지만 바쁘거나 움직이기 귀찮을 때는 나도 모르게 불평스러운 마음이 든다.

'아내는 왜 수건을 챙기지 않을까? 수건을 가지고 들어가면 서로 편할 텐데. 아내가 나를 조금 더 생각한다면 수건을 가지고 들어가서 내 번거로움을 덜어줄 수 있다는 생각을 왜 못할까?'

이런 생각을 하다 가도 속 좁아 보여 마음을 고쳐먹는다.

ㅋㅋㅋㅋㅋ

'수건 가져다주는 일이 뭐 힘들다고 이 정도는 해 줄 수 있지. 속 좁게… 아내가 조금 더 편하면 됐지.'

연인 사이에 '누가 더 힘들고 누가 더 희생하고 있지?'라는 의미도 답도 없는 생각을 해 봐야 고민만 깊어진다. 상대를 있는 그대로 이해하고 받아들이면 되는 일이다.

나는 다시 귀찮음을 이겨 내고 아내가 씻으러 들어간 화장실 문고리에 수건을 걸어 둔다.

'괜히 복잡하게 생각했구나.'

'아내가 조금 더 편하면 됐지.'

#34 사소한 것들에 지지 않기

아무리 사랑하는 사이라도 가끔은 별것 아닌 일로 마음이 상한다. 하지만 그 순간이 지나면 화났던 이유도 서운했던 이유도 아무것도 아니라는 걸 잘 알고 있다. 그리고 우리는 분명히 답을 알고 있다.

먼저 진심을 담아 미안하다고 사과하면 된다. 서로를 정말 사랑한다면 이 마음은 분명 같을 테니까.

사랑보다 중요치 않은 사소한 것들에 지지 말자.
용기 내서 미안하다고 말하고 기다렸다는 듯이 받아 주면 좋겠다.

정말 중요한 건 서로 사랑하는 마음이니까.

치ー 이ー

#35

타인의
감정

회사에 다닐 때 일이다. 같은 또래의 친구들이 다섯 명 정도 있었는데, 나이가 비슷해서 같이 어울리며 친하게 지냈다.

어느 날 내가 그중 한 명과 오해가 생겨 갈등을 겪었다. 나는 그 친구가 나의 어떤 행동에 서운했는지 이해할 수 없어서, 같이 어울리던 한 친구에게 답답하다는 듯이 말했다.

"나는 그게 왜 서운하고 화날 일인지 이해가 안 돼".

그리고 그 친구는 대답했다.

"야, 뭐 이해하려고 들어. 그냥 받아들여."

그때 무심하게 툭 내뱉은 그 친구의 말이 아직도 가끔 생각난다. 나는 그 친구의 말을 듣고 깨달았다. 어쩌면 누군가를 이해하려고 하는 것은 처음부터 불가능한 일이다.

!
?
BASKETBALL

'팬티인데…

여보가 반바지처럼 입고 싶으면 그러는 거지 뭐.'

타인이 겪은 상황을 바탕으로 어느 정도 그 사람의 기분과 감정을 예상할 수 있다. 하지만 완벽하게 그 사람이 되지 않는 한 다 이해할 수는 없다.

200원밖에 안 하는 사탕을 기분 좋게 먹다가 길가에 떨어트려서 세상을 잃은 것처럼 우는 아이가 있다 치자. 그 상황을 보고 누군가는 오지랖 넓게 참견할 수도 있다.

"나도 그런 적 있어서 네 기분 이해해. 근데 뭘 그런 걸 가지고 울어. 뚝!"

아이의 감정을 어설프게 이해하고 정리하려고 하면 안 된다. 그 순간 아이의 기분을 온전히 이해할 수 있는 사람은 당사자인 아이뿐이기 때문이다.

연인 간에도 상대방의 행동이 마음에 들지 않으면 바꾸려 하거나 이해할 수 없다는 말로 상대를 몰아세우는 경우가 있다. 하지만 그런 태도는 서로를 지치게 할 뿐이다. 그 사람의 모습을 있는 그대로 받아들일 수 있어야 진짜 사랑이 아닐까.

#36 지극히 사적인 이야기

"내 친구 창용이 있잖아, 이번 주에 시험 보는데 꼭 잘 봤으면 좋겠어."

"연화는 좀 쉬고 싶다고 몇 달을 고민하다 퇴사했는데, 한 달 만에 다시 취직했대. 웃기지?"

별로 재미도 없는, 나만 아는 지극히 사적인 내 주변 친구 이야기를 종종 아내한테 이야기할 때가 있다.

"어제 무서운 사람들한테 쫓기는 꿈 꿨다. 엄청 무서웠어."

나도 잘 생각나지 않는 어제 내가 꾼 꿈 이야기까지….

이런 소소한 내 이야기들을 눈치 보지 않고 마음껏 해도 들어 줄 사람이 있다. 그것만으로도 난 든든한 행복을 누리고 있다.

"비 오니까 좋다."

#37

엄마의 빈자리

나는 가끔 아내에게서 지금은 내 곁에 안 계시는 엄마를 본다.

나를 보고 세상에서 가장 행복한 표정을 지을 때, 내가 갖고 싶다면 무리해서라도 사 주려 할 때, 모든 일에 있어 내 편이 되어 줄 때….
내 손을 내어 주면 볼에 베고 금방 잠이 들던 엄마의 모습과 같을 때도 문득문득 엄마를 떠올리게 한다.

아내의 사랑과 엄마의 사랑을 비교할 수 없지만 내게 똑같은 포근함을 준다. 그래서 너무도 사랑하는 엄마를 잃고 그 빈자리 속에서 나는 견뎌 냈는지 모른다.

사랑의 빈자리까지도 채워 주는 아내의 사랑에서, 엄마에 대한 그리움보다 사랑을 느낄 때 아내에게 다시 한번 고맙다고 말한다.

"사랑해."

!
?
?
??
??
!
ㅋㅋㅋ
ㅋㅋㅋ

#38 우리 같이

우리에게 앞으로 일어나는 모든 일은
너와 내가 만나고부터 일어나는 거야.

그렇기 때문에
우리에게 생기는 좋은 일이나 좋지 않은 일도
너에게 혹은 나 개인에게 일어난 일이 아니라
우리에게 일어난 거야.

그러니 앞으로 좋은 일들은 같이 좋아하고
안 좋은 일들은 같이 이겨 나가자.

ㅋㅋㅋ
ㅋㅋ
!!!

"이번 벌칙은 꿀밤 대신 안아 주기."

#39

만남의 이유

결혼하기 전 청첩장도 주고 오랜만에 식사도 할 겸 친한 여자 후배 둘을 만났다. 결혼하지 않은 친구나 후배들을 만날 때면 결혼에 관한 이야기들을 많이 나눈다. 주로 우리의 연애 시절과 결혼 생활을 궁금해한다.

그날도 결혼과 연애 이야기를 하는데 한 후배가 물었다.

"남자 친구와 연애를 하면서도 매번 만나면 뭘 해야 할지 모르겠어요."

"오빠는 연애할 때 언니랑 만나면 뭐 했어요?"

후배의 질문에 당연하다는 듯 말했다.

"뭘 뭐해. 그냥 만나는 거지."

쉽게 대답하고는 다시 생각해 봤다.

'왜 그런 질문을 했을까?'

보통의 커플들은 영화를 예매하거나 드라이브하기 좋은 장소를 알아보는 등 만나서 할 일들을 미리 계획한다. 그런데 연애 시절 나와 아내는 만나고 싶으면 특별한 계획 없이 그냥 만났다.

나와 아내가 다니던 회사가 같은 건물에 있을 때는 같이 출퇴근했고, 내가 다른 곳으로 이직한 후에도 퇴근 시간을 맞춰 매일 같이 저녁을 먹고 헤어졌다. 그렇게 특별한 이벤트 없이 일상을 함께했다.

가끔 가고 싶은 맛집에 가거나 보고 싶은 영화가 있을 때는 영화관 데이트를 했다. 하지만 특별한 목적을 가지고

만난 날은 손꼽을 정도였다.

연인과 좋은 곳에 가고, 연인에게 특별한 하루를 만들어 주고 싶은 마음에 만나기 전부터 고민스러운 생각이 들 수 있다.
하지만 사랑하는 사람을 만나는 이유가 특별하거나 재미있는 무언가를 하기 위해서는 아닐 거다. 그냥 서로 좋으니까, 사랑하니까.

오늘도 그 사람을 만나는 이유이다.

#40 나의 모든 점

내 얼굴에는 점이 많다. 콤플렉스까지는 아니지만 가끔 거울이나 사진을 볼 때면 지저분해 보여 신경 쓰인다.

아내에게 얼굴에 점이 너무 많아서 빼고 싶다고 말했더니, 어느 날 아내가 내 얼굴을 그려서 보내 줬다. 그림 속 내 얼굴에는 점들이 빠짐없이 다 그려져 있었다.

그리고는 아내가 말했다.

"남편, 당신의 있는 그대로 모든 게 다 좋아. 얼굴에 점이 몇 개인지 다 세어 놨으니 빼기만 해 봐!"

아내는 장난스럽게 내게 으름장도 놓았다. 나의 모든 점들을 있는 그대로 아끼고 사랑해 주는, 나조차도 나를 미워하지 못하게 해 주는 아내가 있어 행복하다.

"너라서 좋은 거야."

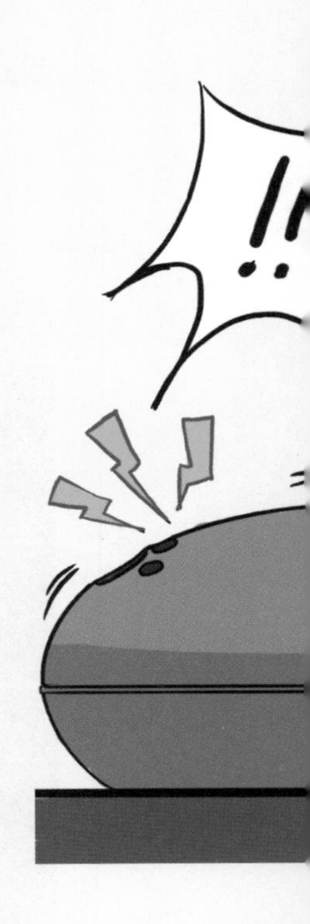

#41

소원을 말해 봐

추석날 저녁, 이제는 제법 차가운 공기가 반가워 저녁을 먹고 집 근처 공원에 산책하러 나갔다.

공원을 한 바퀴 돌며 산책하는데 사람들이 유독, 한곳에서 하늘을 보며 서 있거나 핸드폰을 높이 들어 사진을 찍고 있었다. 우리는 궁금해서 사람들 시선을 따라 하늘을 올려다봤다.

보름달이었다.
높고 큰 나무 사이로 밝고 큰 보름달이 보였다.

우리도 오랜만에 보는 밝고 큰 보름달이 반가워 발걸음을 멈추고 잠시 구경했다. 보름달을 보던 아내가 말했다.

" 보름달 보면서 소원 빌어야 하는 거 아냐!?"

"소원? 에이, 그냥 가자."

아내는 보름달이 소원을 들어줄 것이라는 기대보다, 사랑하는 사람과 함께 소망을 이야기했으면 하는 마음이 컸을 거다.

나는 바위에 돌을 쌓아 올리거나 별똥별이나 달을 보고 소원을 비는 일에 큰 의미를 두지 않는 편이다. 그래서 발걸음을 옮기려는데 아내는 이미 두 손을 모아 행복한 표정으로 소원을 빌고 있었다.

아내가 정성스럽게 두 손을 모아 소원을 빌고 난 후 발걸음을 옮겼다. 소원을 빌고는 싱글벙글 웃는 아내의 표정을 보니 무슨 소원을 빌었는지 알 것 같았다.

그리고 생각했다.

'내가 지금 이렇게 행복한 건 정말 이 아이 때문이겠구나.'

#42 힘든 사랑

OK!

비가 시원하게 쏟아져 내린 날이었다.
비가 내리는 풍경을 몇 장 그려서 SNS에 올렸는데, 그날 따라 많은 독자분들이 헤어진 전 애인이 생각난다는 메시지를 보냈다.

"비가 오는 날 헤어졌어요."

"비가 오니 그 사람이 생각나네요."

"비 오는 날 함께 마셨던 따뜻한 커피가 생각나요."

SNS를 통해 헤어진 연인에 관한 그리움이나 이별의 상처 등 힘든 사랑에 관한 메시지를 많이 받는다. 하지만 독자분들에게 내 의견을 회신한 적은 없다.
두 사람의 사랑은 그들만의 것이라 누구도 쉽게 판단하고 말할 수 없기 때문이다. 하지만 지나간 사랑을 그리워하는 분들께 조심스럽게 말하고 싶다.

"너무 힘든 사랑은 하지 않으셨으면 좋겠어요."

그렇게 힘들게 붙잡지 않아도 만나게 될 사람이라면 언젠가는 다시 만나게 될 테니….

안 그래도 힘든 삶 속에서 적어도
사랑하는 사람 품은 마음 편히 쉴 수 있는
그런 곳이 되었으면 좋겠습니다.

힘들게만 하는 사랑은 이제
쏟아지는 빗물에 씻겨 보내셨으면 좋겠습니다.

#43 모두 다 소중한 순간

원고를 쓰다가 막혀, 애꿎은 머리카락만 쥐어 잡고 있는데 아내가 불렀다.

"머리도 식힐 겸 산책하러 가자."

할 일이 있으면 그 일에 온 신경을 집중하는 편이라 다른 생각을 잘하지 못한다. 산책하면서도 마감은 다가오는데 이야기가 생각처럼 풀리지 않아서 원고 생각뿐이었다. 그러다 두 번째 책 출간 회의 때 편집팀장이 한 말이 생각났다.

"이번 책은 곁에서 힘이 되어 주는 사람과 사랑에 관한 이야기잖아요. 작가님께 제일 소중한 그리고 많은 추억을 공유하는 아내분과 이야기를 많이 나눠 보세요."

그 말이 생각나서 혼자서만 뒤적거리던 우리의 이야기를 아내에게 물었다.

"날 만나면서 가장 기억에 남는 순간은 언제였어?"

아내는 잠깐 생각하더니 이 질문을 기다렸다는 듯이 우리의 추억들을 쏟아 내기 시작했다.

"연애 시절 나를 우리 집까지 바래다주러 왔다가 우리 엄마랑 처음 만난 날, 24시간 카페에서 함께 첫 새해를 맞이했던 날, 내가 가는 곳마다 어디선가 남편이 나타났던 일, 서로 같은 게임에 꽂혀서 만나면 서로 자기 게임 캐릭터 자랑하면 종일 게임만 했던 날…."

아내는 산책하며 신나게 우리의 추억들을 떠올리며 말했다.

아내가 말했던 추억들을 떠올려 보니 소소하지만 웃음 짓게 하는 행복한 순간들이 참 많았다. 앞으로도 우리가 함께 만들어 갈 순간들이 소중한 기억으로 떠올려지기를 바라본다.

'그리고 지금 이 순간도 훗날 돌아보면
또 하나의 소중한 순간이 되어 있겠지.'

"지금까지 날 만나면서

가장 기억에 남는 순간은 언제였어?"

ㅋ
ㅋ
ㅋ
ㅋ
ㅋ
ㅋ
ㅋㅋㅋ
ㅋㅋㅋㅋ
ㅋ
ㅋ
ㅋ

#44 너 만 보 여

외모도 멋있고 성격도 좋은 친구가 있는데 일부러 여자 친구를 사귀지 않는 것 같아서 물어보면, 그 친구 대답은 늘 한결같았다.

"생각 없어. 엄마도 편찮으시고 아직 취업도 못 했는데 연애할 때가 아니지."

그러던 어느 날 친한 여자 후배가 내게 도움을 청했다.

"선배, 그 오빠랑 친하죠? 저 소개 좀 해 주세요."

늘 연애할 때가 아니라고 말하던 친구라 큰 기대 없이, 둘이 잘 어울리겠다는 생각으로 식사 자리를 만들었다.

그 후… 둘은 커플이 되었다.
사랑에 빠지면 그 어떤 것도 사랑의 감정을 막을 수 없다. 연애를 하지 않겠다던 이유가 사랑 앞에서 무기력해지는 걸 보면 말이다. 다른 거 말고 그 사람만 보이는 거다.

너와 내가 사랑에 빠진 그 짜릿한 기억들.

#45

사랑의 조건

어느 날 아내가 친구에게 들은 이야기를 해 줬다.

"예인이 알지? 얼마 전에 만났는데 예인이 고등학교 동창이 요즘 결혼 문제로 고민이 많대. 남자 친구가 결혼을 재촉하나 봐."

처음 아내한테 이야기를 들었을 때는 '빨리 결혼하고 싶지 않은가 보네' 정도로 생각했다. 그런데 자세한 이야기를 듣고 보니 나라도 고민스러울 것 같았다.

"남자 친구가 중국으로 발령이 나서 결혼하면 한국을 떠나 낯선 중국으로 가서 살아야 한대. 대신 남자 친구는 경제적으로 여유도 있고, 좋은 조건으로 발령났나 봐.
그래서 선물로 자동차와 집도 선물해 준다고 했대. 언제든지 한국에 가고 싶을 때 편하게 갈 수 있게 비행기도 비즈니스석으로 끊어주겠다는 약속도 하고."

'나라면 어떨까?' 생각해 봤다.

좋은 조건이지만 아무리 경제적으로 부유한 삶이라도 낯선 환경에서 친구도 가족도 없이 살기 힘들 것 같다. 그렇다고 사랑하는 남자 친구와 헤어질 수도 없고….

아내의 친구가 아내에게 물었다고 한다.

"너라면 어떨 것 같아?"

"결혼할 사람이 지금의 남편이라면 난 같이 갔을 거야."

아내의 말을 듣는 순간 멍해졌다. 나는 두 사람의 사랑보다 다른 조건과 환경부터 생각하고 따져 봤던 거다. 정말 둘이 얼마큼 사랑하는지는 모르면서 말이다.

아내의 말을 듣고 고개를 끄덕끄덕하는 나를 보고 아내는 말했다.

"환경이나 조건은 중요하지 않아. 남편만 생각하니까."

#46 정말 중요한 것

얼마 전 두 명의 MC가 일반인 출연자의 고민을 들어 주는 TV 예능 프로그램을 봤다. 고민을 말하러 나온 사람은 암 말기 판정을 받은 남자였는데, 다행히 치료를 잘하면 생명에는 지장이 없을 수도 있다고 했다.

그 사람은 사랑하는 사람과 결혼을 준비하는 과정에서 암 진단을 받았다고 한다. MC 중 한 명이 말했다.

"건강 관리 잘하시고 잘 먹고 견뎌 내서 빨리 나으세요. 내가 아프면 사랑하는 사람과 가족들이 더 힘들잖아요."

방송이 나가고 그 TV 프로그램 기사에 많은 댓글이 달렸다. 진행자의 말에 동의하는 사람들과 "아픈 사람이 제일 힘들지. 말을 그렇게 하면 안 되지"라고 말하는 사람들까지…. 온라인상에서 의견이 갈려 한동안 대댓글이 달렸다.

사실 둘 다 맞는 말이다.

투병 중인 사람은 몸이 아프니 당연히 힘들 테고, 그로 인해 옆에서 자신을 걱정하며 고생하는 가족들을 보며 미안한 마음에 더 힘들고 아플 거다. 그리고 옆에서 지켜보는 사랑하는 사람들도 마음이 아프고 힘들 거다.

다만 그런 상황에서 더 힘든 사람이 누구인지를 논하는 것 자체가 이해되지 않았다. 중요한 건 사랑하는 마음일 텐데.

힘들고 아픈 일을 겪을 때일수록 정말 중요한 걸 잊지 않았으면 좋겠다.

#47 네게 줄 수 있어서

세상에서 가장 행복할 일은
사랑하는 사람이 곁에 있고
그래서 그 사람에게 뭔가를 해 줄 때이다.

가끔 사랑하는 사람에게 주는 사랑의 크기가
자신이 그 사람에게 받는 사랑의 크기보다 작아서
미안함을 느끼는 사람이 있는데
그러지 말았으면 한다.

사랑하는 사람이 행복해하는 모습을 보는 것만큼
행복한 일은 없고 그런 경험은
사랑하는 사람이 없으면 느낄 수 없는 행복이니까.

그래서 사랑은 둘이 하나 보다.

#48 그런 사람이 될게

친구들을 만날 때 가끔은 커플끼리 만나는데, 짝꿍과 같이 나오는 친구들을 보면 평소와는 조금 다르게 느껴진다. 혼자 있을 때보다 멋있고 듬직해 보이고 또, 아름답고 예뻐 보인다.

이렇게 사랑을 하는 사람들은
누군가에게 사랑을 받고
누군가의 소중한 사람이라는 티가 난다.
애지중지 닦고 또 닦은 보석처럼 말이다.

내 사람도 그런 빛이 날 수 있게
'많이 아끼고 사랑해야지' 하고 다짐해 본다.

'혼자일 때는 몰랐어, 이렇게 아름다운지.'

erry Christmas